AF131933

CE LIVRE EST ÉGALEMENT DISPONIBLE
AU FORMAT NUMÉRIQUE

Confidence

© Salwa ASAD, 2021

Édition : BoD - Books on Demand, info@bod.fr
Impression : BoD – Books on Demand,
In de Tarpen 42, Norderstedt (Allemagne)
Impression à la demande
Conception de la couverture : Rachid OUHASSOU

ISBN : 978-2-3222-7344-7
Dépôt légal : Mars 2021

SALWA ASAD

Confidence

Accepter ce qui est, laisser ce qui était,
avoir confiance en ce qui sera.

BOOKS ON DEMAND

Un livre que je dédie à la moi du passé, à celle que j'étais et qui n'aura jamais la chance de voir celle que je suis aujourd'hui.

PROLOGUE

La vérité ? Personne ne la connait vraiment. La seule chose que l'on peut tenter de faire, c'est retranscrire notre vécu avec le plus de neutralité possible, mais personne ne sera jamais impartial. Surtout pas quelqu'un de concerné par les faits, que ce soit de près ou de loin. Peut-être, que l'inconnu à l'autre bout du monde pourrait se montrer assez objectif, mais ça ne serait pas encore suffisant. Il serait guidé par ses émotions, ses propres expériences, ses blessures et apporterait forcément un jugement en faveur ou défaveur des acteurs de l'histoire qu'on lui raconte. C'était quand même bien tenté.

Ce que je vous propose, moi, c'est de vous raconter mon vécu. Pas avec objectivité, pas du tout même. Je serai la plus subjective possible. Après tout, c'est sûrement ce que vous attendez de moi. De toute façon si je suis là aujourd'hui, c'est pour vous conter mon histoire, et vous la conter avec tous mes ressentis. Je veux que vous ayez connaissance de ce que j'ai pu penser, désirer, craindre, éprouver. Je veux que vous sachiez tout de celle que j'étais, mais que vous ne connaîtrez jamais. Et après, qui sait, vous me donnerez peut-être votre avis, aussi subjectif soit-il.

CHAPITRE 1

« Alors, dites-moi, quand est-ce que ça a commencé ? »

C'était quelques jours avant le début de l'été. L'air était chaud, le ciel était bleu et le soleil brillait haut en son centre. Mes premières épreuves en vue du baccalauréat approchaient à grands pas. J'étais alors en filière littéraire, des fois que cette information vous intéresserait. Pourquoi celle-ci ? La réponse est simple. J'aime lire et écrire. J'aime les langues étrangères et les voyages. J'aime l'histoire et la philosophie. Surtout la philosophie. J'aime l'art aussi. Le cinéma en particulier. C'était mon option principale au lycée. Au moment de faire ce choix, je me souviens que certains de mes professeurs insistaient auprès de moi pour que je choisisse la filière scientifique. J'étais douée c'est vrai, mais imaginez la contradiction...

Après une longue semaine de révisions que j'étiquette encore aujourd'hui comme très intense et qui m'avait au passage empli de doutes et d'angoisses quant à ma réussite, je n'avais plus qu'une chose en tête : ne plus jamais ouvrir un seul cahier de cours de toute ma vie. La détente et le plaisir étaient devenus mes maîtres mots. Et par cela j'entendais suivre une à une les enquêtes de *Sherlock Holmes*. La seule raison qui pouvait me pousser à prendre une feuille et un stylo avant le début de l'examen était l'avancement de mon premier roman. J'aimais beaucoup commencer mes premiers écrits sur papier, habitude toujours présente à l'heure actuelle. Ce petit rituel est né lorsque j'étais encore petite. À l'époque je n'avais pas la chance comme les autres enfants d'avoir déjà un téléphone portable ou même un ordinateur, alors quand garder mes histoires en tête ne me suffisait plus pour me sentir comblée, j'ai commencé à tout écrire sur papier. Évidemment on parle là d'histoires de poneys et de princesses, mais c'est tout de même à ce jeune âge que m'est venue cette habitude. Une fois entrée au lycée, il m'arrivait même très souvent d'écrire les chapitres de mes romans à la place de mes chapitres de cours, mais pour n'offenser aucun professeur je ne citerai aucune matière.

Enfin bref. Nous en étions à mes sérieux doutes concernant l'examen, bien qu'au fond de moi j'étais certaine de l'obtenir haut la main ce diplôme. J'avais toujours obtenu de bonnes notes en fournissant le moins d'efforts possible à l'école. Je récoltais même très souvent les mentions. D'ailleurs on retrouvait la plupart du temps noté sur mes bulletins scolaires « se repose sur ses acquis ». C'était vrai, mais je savais que c'était suffisant pour moi, que ça ne jouerait jamais en ma défaveur. Cependant ce qui me faisait réellement douter de moi cette fois-là était la réaction de mes proches à l'imminence des épreuves. Aucun d'eux n'avait confiance en moi. À croire que j'avais été un cancre toute ma vie. Le lycée n'était pourtant pas si difficile. Mais passons. Si ça avait été mon seul problème cette année-là, vous ne seriez probablement pas en train de suivre mon histoire aujourd'hui. Ça en est même certain.

Quelques jours avant le début de mes épreuves, j'ai fait la banale rencontre d'un garçon âgé de quelques années de plus que moi. Je dis banale parce que cette rencontre ne devait pas donner lieu à une quelconque suite, qu'il s'agisse d'amitié ou de bien plus. En vérité l'amie qui m'avait mise en contact avec lui voulait simplement que je serve de médiatrice entre eux. Je devais maintenir leur amitié pendant son absence à elle. Pour ma part, je pense qu'avoir besoin que quelqu'un maintienne votre lien avec une autre personne à votre place en dit long sur la question : soit votre lien est inexistant, soit c'est la confiance censée régner entre vous qui l'est. À quoi bon garder contact dans ce cas ? Enfin, soit. Je devais donc servir de médiatrice, régler les conflits s'il y en avait et toute autre niaiserie du même acabit. C'était simplement ça. Il n'était pas censé prendre tant de place et d'importance. Elle non plus d'ailleurs. Parfois je me demande ce qu'aurait été ma vie cette année-là si je lui avais dit « débrouille-toi ». Sûrement mieux, probablement plus calme, certainement plus simple. Mais bon, ça n'a pas été le cas alors pourquoi s'y attarder.

Un jour, à la demande de ce fameux garçon que je n'avais côtoyé que via les réseaux sociaux de mon amie, celle-ci a fini par nous mettre en contact direct. Un peu à mon insu à vrai dire bien que je n'ai rien refusé. Du moins pas cette fois-là. J'avais déjà, quelques jours plus tôt, ignoré sa demande lorsqu'il s'était directement adressé à moi. Je ne voulais pas accepter sans avoir auparavant l'accord de mon bras droit. Il était absolument inconcevable que je crée une relation avec lui, quelle qu'elle soit, sans avoir au préalable une sorte d'approbation de sa part à elle. Ce n'était pas discutable. Surtout qu'à cette époque nous devenions de plus en plus proches toutes les deux et je croyais dur comme fer que son avis devait compter dans les choix de ma vie privée. Pire encore, je croyais être obligée de l'appliquer.

Je l'estimais tant qu'il m'était devenu indispensable. C'était évidemment sans craindre tout ce qui en découlerait par la suite.

Si nous étions devenues si proches et si vite, quasiment plus proches que nous ne l'étions ma sœur et moi à cette période et si tant est que ce soit chose possible, cela venait du fait qu'elle se retrouvait à dormir chez moi chaque lundi depuis pratiquement deux ans. Elle venait au départ principalement pour ma sœur, car elles étaient déjà elles-mêmes amies de longue date. Puis, de fil en aiguille, le rapprochement entre nous a fini par se faire tout naturellement.

Mon âme était déjà bien triste à cet âge. Le nombre de jours passés sans verser une larme se comptait sur les doigts de la main. Je souffrais de trop nombreuses blessures encore ouvertes et dont je n'avais même pas conscience en ces temps.

Par manque de place dans la chambre de ma sœur, c'est avec moi qu'elle finissait par passer ses nuits et c'est lors de ces moments que nos liens se tissaient. Il s'écoulait des heures et des heures durant lesquelles nous parlions sans nous soucier de l'heure du levé. Très souvent et si ce n'est pas toujours, nos conversations étaient longues et avaient le don d'alléger mon sommeil. À l'heure actuelle j'ai conscience que les conseils qu'elle me donnait n'étaient pas très réfléchis, ni même très sains pour moi. En y repensant, je crois que ce ne sont pas ses paroles qui m'apaisaient, mais plutôt l'impression qu'une personne soit présente pour m'écouter et me parler. Parce qu'en soit, je ne les ai jamais appliqué ces conseils.

Les lundis soir sont rapidement devenus les jours les plus attendus chez l'une autant que chez l'autre. Ces fameux jours où l'occasion pour nous de tout extérioriser était enfin possible nous emplissaient d'impatience. À tel point qu'à l'approche de l'été nous commencions déjà à passer de nombreux jours au téléphone tant nous ne pouvions plus nous passer de ces conversations. Nous étions ensemble du matin au soir et du soir au matin. Une confiance aveugle prenait peu à peu place entre nous, tout autant que la promesse d'être toujours là pour se soutenir mutuellement. Moi j'étais sincère.

Pour en revenir à ce garçon, il n'avait pas perdu une seconde avant de me contacter suite à l'accord de notre amie, et de façon assez charmante. Il m'avait poétiquement proposé de parler écriture tous les deux. C'est d'ailleurs la raison qu'il lui avait donnée pour la convaincre de nous mettre en relation. Cette demande n'était pas vide de sens, elle n'était pas qu'un prétexte pour parler à une jolie fille puisqu'il avait comme moi cette passion inébranlable pour l'écriture. Je crois que cette approche fut la plus belle et la plus originale qu'un homme ait employée avec moi. Je crois même qu'elle puisse le rester à jamais. Enfin, sauf si l'on sait faire preuve d'assez d'imagination.

CHAPITRE 2

« Parlez-moi de votre sœur. »

Abandon. Trahison. Voilà les mots qui me viennent à l'esprit quand je pense à elle. Enfants, nous étions suffisamment proches pour nous aider mutuellement à grandir sans nous laisser embarquer dans les conflits parentaux. C'était assez pratique à l'époque, car si nous avions laissé faire les adultes sans prendre part nous-mêmes à notre éducation, nous aurions à coup sûr très mal tourné. Égoïste, paranoïaque, méchante. Tant d'attraits qui auraient pu, si nous n'avions pas pris les devants, nous caractériser aujourd'hui. Et puis nous aurions sûrement été bien plus malheureuses que ce qu'il en fut réellement. Notre présence auprès de l'autre nous a vraiment permis de trouver les moments sombres de notre enfance constructifs pour l'avenir. C'est déjà ça de pris.

L'adolescence, elle, s'est avérée très marquée par la force qui commençait à nous lier. Cette fois le mot que je choisirais pour décrire notre lien serait plutôt : waouh. Enfin, si l'on peut appeler ça un mot. À vrai dire il n'en existe pas à mon sens d'assez puissant pour décrire ce qu'il y avait entre nous durant cette longue période.

Merveilleux, féerique, fantasmagorique, non. Rien ne convient. Selon moi, je dirais que celui qui s'en rapproche le plus serait peut-être bien le mot « magique ». C'est vrai, on aurait dit de la magie, cette faculté de se comprendre sans un mot et parfois même sans un regard, comme si nous ne partagions qu'un seul et même esprit. Cette facilité à aborder n'importe quel sujet de conversation et cela qu'importe ce que l'autre en dit ou en pense, comme si le jugement, la gêne et la honte ne faisaient pas partie de notre monde. Cette fatalité qui nous poussait à nous mettre en péril pour l'autre sans une once de peur et cela qu'importe la hauteur du danger qui nous guettait. Ça ne pouvait être que de la magie.

J'ai bien mille autres situations à vous chanter à son propos, mais je n'ai que peu de temps pour me confier à son sujet et j'ose espérer que celles déjà citées vous suffiront à concevoir l'intensité de la force qui nous liait. Même s'il ne s'agit que d'un infime pourcentage. Vous l'aurez deviné et c'est assez bateau dit comme ça, mais elle était bien plus qu'une simple sœur pour moi, bien plus qu'une meilleure amie même, bien plus que n'importe quoi ou qui dans ce monde et dans n'importe quel autre monde.

C'est un fait, elle et moi nous connaissons depuis pour ainsi dire toute notre vie. Enfin pour être précise : toute la sienne. Nous avons plus ou moins un an et demi d'écart d'âge, alors forcément on en a eu du temps pour apprendre à se connaître. Et personne ne la connaissait mieux que moi, avant tout ça.

Depuis tout ce temps, je vous parle d'elle au passé, vous l'avez remarqué ? C'est tout à fait normal, aujourd'hui je ne suis plus si certaine de cette amitié entre nous. Vous savez, on dit que les liens du sang sont les plus forts, mais moi je ne suis pas d'accord avec ça. Pour moi, les liens les plus sacrés, ceux qui sont réellement indestructibles, ce sont ceux que l'on crée par nous-mêmes. Par choix. Voilà pourquoi je tiens à dire que si nous étions si proches elle et moi, ce n'est pas parce que nous sommes sœurs, mais bien parce que nous avions décidé seules d'être amies. Hélas, vous le savez comme moi, rien n'est jamais tout beau tout rose. L'un des personnages du roman que nous avons écrit ensemble elle et moi a dit que l'aîné finirait toujours par blesser son cadet et il n'avait pas tort. Cette phrase vient de moi. J'y croyais déjà bien avant de l'écrire pour la simple et bonne raison que j'avais déjà blessé ma sœur. Ce que j'étais loin d'imaginer en revanche, loin de savoir, c'était qu'à l'inverse elle aussi soit capable de me blesser. J'en ai fait la décevante expérience cet été-là, loin de me douter à l'époque que celle que je viens de vous décrire ferait un jour partie de ceux qui ont contribué à ma douleur. Non pas que je veuille tout lui remettre sur le dos, mais l'amie dont je vous ai parlé précédemment a joué un rôle majeur dans cet éloignement et j'ignore encore si ma sœur en a conscience aujourd'hui. Imaginez la personne avec qui vous traverseriez l'enfer main dans la main sans une once de peur, et maintenant imaginez que cette personne passe du côté de ceux qui contrôlent cet enfer. Moi je peux vous dire que ça vous laisse un goût amer de trahison et d'abandon dans la bouche.

CHAPITRE 3

« Et cette amie, comment était-elle avec vous ? »

Une amie ? Un bien grand mot. C'est ce que je pense à l'heure actuelle, mais comme je l'ai déjà évoqué, avant toute cette histoire elle et moi paraissions être comme les deux doigts de la main. Véritablement inséparables. Nous prenions constamment soin l'une de l'autre, et ce même lorsque nous nous sentions nous-mêmes très mal. Nous nous écoutions toujours, nous nous parlions 24h/24 et nous nous racontions absolument tout de nos vies. Il ne subsistait aucun secret entre elle et moi, du moins c'est ce que je croyais. C'était agréable cette impression d'avoir quelqu'un qui serait toujours là pour moi, envers et contre tout. Quelqu'un sur qui je pouvais compter et me reposer sans jamais craindre le danger. Je me souviens à l'époque n'avoir jamais su prendre de décision sans son approbation. Je ne m'en rendais pas compte, mais maintenant que je vous en parle je me dis que c'était une très bonne façon de me manipuler pour garder le contrôle sur moi. Une sorte de moyen très efficace pour retenir mon allégeance et l'arme parfaite pour me poignarder dans le dos le moment venu. Combien de fois ai-je entendu de sa part « si tu ne voulais pas que ça se sache, tu aurais dû le garder pour toi ». Seulement quand j'appliquais ce précepte, elle finissait toujours par me le faire regretter. Un comportement si contradictoire qu'il en donne mal à la tête. Bien qu'à nos yeux notre amitié paraissait simple, elle ne l'était pas. Et encore plus que cela, elle n'était pas saine. Je ne l'ai compris que trop tard évidemment, je me voilais la face avant ça. Il suffisait pourtant de peu de chose pour en déclencher le côté sombre. Cette proximité aurait pu fonctionner dans un monde meilleur, mais pas ici, c'est impossible. L'être humain est bien trop mauvais. C'est indéniable.

Enfin, passons. Avant son arrivée à lui, tout semblait fonctionner. Ma vie pouvait être qualifiée de « merveilleuse ». Mon amie et moi sortions très souvent, même si c'était pour ne rien faire. Nous passions notre temps à concocter des projets plus farfelus les uns que les autres, mais des projets qui nous faisaient rêver. C'était le bon temps. Le temps où même aujourd'hui j'ose encore espérer qu'il y ait eu une part de sincérité dans ses actes et paroles. Le temps où elle n'avait encore jamais trahi ma confiance. Le temps où elle savait faire preuve d'au moins un minimum de reconnaissance. Le temps où elle se conduisait, à peu de choses près, comme une amie. Vous savez, j'ai longtemps cru que notre amitié n'était pas morte avec tous ces évènements. J'avais tort. Pas sur la raison de la fin, mais sur celle du début. Cette amitié n'est pour ainsi dire jamais née. La voilà la vérité. L'état dans lequel j'étais malheureusement sortie de tout ça m'avait rendu si fragile qu'il m'était impossible de l'admettre. À vrai dire, je ne l'aurais probablement pas supporté.

J'ai parlé de relation malsaine tout à l'heure, car l'influence qu'elle avait sur moi m'avait totalement transformé sur des points qu'elle n'aurait pourtant jamais dû atteindre de ma personne. C'était un peu de ma faute, j'avais baissé ma garde. Je l'ai d'ailleurs fait très longtemps et même après toute cette histoire. En même temps, j'aurais dû me méfier dès le départ et m'en tenir à ma première impression. Une mauvaise impression. C'est vrai qu'après tout, avant qu'elles ne deviennent si proches, cette fille faisait partie des bourreaux de ma sœur à sa manière. Je ne me souviens pas du nombre de fois où je l'ai retrouvée en pleurs à cause d'elle tant il y en a eu. J'aurais vraiment dû me méfier.

Seulement toutes mes façons d'agir et de penser avaient été remodelées à son image, c'était un poison. Pour moi, pour elle et pour les autres. Il était trop tard pour que je me rende compte de quoi que ce soit. Je baignais déjà dedans.

CHAPITRE 4

« Décrivez-moi les premiers temps de votre relation avec ce jeune homme. »

Fabuleuse. Sensationnelle. Incomparable. Le véritable conte de fées avec le véritable prince charmant. Et moi je me sentais comme la princesse à sauver. Avant son arrivée j'avais la sensation d'être prisonnière d'une immense tour d'ivoire, un peu à la manière de *Raiponce*. Ça tombait plutôt bien d'ailleurs, *Raiponce* était mon histoire de princesse préférée. En revanche, une fois entré dans ma vie, c'était comme si des plaines à perte de vue m'entouraient à l'infini. Terminé les murs de pierres étouffants qui me retenaient enfermée. Je me sentais libre et je me sentais invulnérable. Comme j'avais tort.

Je me souviens encore de nos conversations, de nos nombreuses conversations. Elles étaient longues, elles duraient toutes les nuits et tous les jours sans jamais s'arrêter. Elles étaient vives, pleines d'intérêts et de charmes. Je n'avais aucun mal à y donner suite et lui ne s'arrêtait jamais de parler. Jamais de séduire. Il avait toujours en réserve la réplique parfaite pour me faire chavirer. Deux écrivains dans l'âme à n'en pas douter. Nos paroles étaient si joliment tournées qu'on aurait pu croire à des échanges de poèmes. À mes yeux, ce qu'avait cette relation de vraiment exceptionnel était cette phase de séduction qui se passait si bien et qui semblait ne jamais vouloir prendre fin. Cela même avant nos premiers rendez-vous. Nos deux âmes s'étaient rencontrées et s'étaient aimées avant que nos corps ne puissent éprouver de désir l'un pour l'autre. Jamais je n'avais été aussi assortie avec un homme. Avec du recul je me dis que c'est peut-être l'effet du premier amour qui me laissait penser ça.

Lorsqu'est enfin arrivé le jour de notre premier rendez-vous et pour lequel son invitation m'avait paru une fois encore des plus romantiques, j'ai très vite retrouvé cette sensation de conte de fées. Sans compter qu'il avait lui-même véritablement l'allure d'un prince. Cela relevait presque de l'enchantement. Il était beau, plein de charme, sa gestuelle était enivrante et son apparence séduisante. J'étais envoutée par ce je ne sais quoi qu'il dégageait. Nos échanges avaient déjà le don de me faire sourire constamment, mais ce face-à-face fut cent fois plus extraordinaire. Le lieu du rendez-vous en revanche n'avait rien d'extravagant. Nous nous étions installés face à un petit bois où passaient parfois des cavaliers, puis nous avions discuté pendant des heures comme à notre habitude. L'attirance était forte ce jour-là, mais nous n'avions fait que discuter. J'étais très soulagée de voir que l'aisance entre nous n'avait pas disparu, qu'elle n'était pas uniquement présente à travers nos écrans. Aussi simple fût-il, ce rendez-vous avait fait naître un sentiment de bien-être et de joie si intense en moi que rien ne me paraissait assez puissant pour le détruire.

Nous nous étions vus quelque temps avant la tombée de mes résultats du baccalauréat. Même s'il ne me connaissait que depuis peu, il semblait porter en mes capacités intellectuelles une certaine confiance dont aucune des personnes de mon entourage n'avait su faire preuve. Il ne s'était pas trompé, je l'avais obtenu et avec mention qui plus est. Je me souviens d'ailleurs avoir parlé de lui dans l'un de mes sujets, une épreuve d'écriture de scénario en audiovisuel. Comme nous gardions l'avancée de notre relation secrète dans les débuts, ça avait été pour moi le seul moyen d'exprimer ce que je ressentais face à cette liaison naissante. Tout cela sans courir aucun risque.

Ce premier rendez-vous avez été si exquis pour moi comme pour lui que nous avions très vite renouvelé l'expérience. Nous rencontrer après avoir si profondément parlé avait parfait le travail de séduction et avait permis de faire place au manque en chacun de nous. De ce fait, plus le temps passait plus les rendez-vous s'accumulaient et plus l'envie de nous retrouver grandissait. Notre rapprochement se faisait de façon si simple et si pure qu'en réalité les rendez-vous n'avaient pas besoin d'être si nombreux. Ils étaient dosés juste comme il fallait pour que la braise ne s'éteigne jamais. Juste comme il fallait pour rendre l'attraction entre nous enivrante et mener à notre premier baiser, puis notre première fois. La mienne, pas la sienne. Mais notre première fois quand même. Une première fois qui, malgré tout ce qu'il y a pu avoir par la suite, reste une expérience que je suis heureuse d'avoir vécu avec lui. La raison en est simple : grâce à ça, grâce à lui, chacun des complexes que j'avais sur mon corps et qui me torturaient avait disparu. Entièrement. À travers ses mots et ses regards, ses gestes et ses sourires, je m'étais mise à m'aimer. Le reflet de moi que je voyais dans ses yeux était magnifique. Sa bonne influence ne s'était pas arrêtée là évidemment. Grâce à lui je m'étais même mise à apprécier chaque trait de ma personnalité, y compris les défauts. Il m'aidait et parfois même sans s'en rendre compte. Il me faisait devenir petit à petit la personne que je rêvais d'être et me poussait à réaliser chacun des projets les plus importants de ma vie. Tout arrivait de manière naturelle entre nous, rien n'était jamais programmé et c'était ce qui rendait le magnétisme de notre relation si beau. Autrement je l'aurais très certainement vécu de façon bien moins romantique, moins féerique. Mais avec lui, tout était débordant de magie. Moi qui avais pour habitude de décrire dans mes romans des liaisons amoureuses de rêve, me voilà qui en vivais une. Une histoire digne d'avoir son propre livre publié.

CHAPITRE 5

*« Et comment vous sentiez-vous à cette
période ? »*

Divinement bien. Divinement mieux. Je me sentais pratiquement au meilleur de ma forme. Jamais dans ma vie je ne m'étais sentie aussi bien, et si malgré tout j'emploie le terme « pratiquement » c'est parce qu'il me manquait une chose : du soutien pour ma première relation amoureuse de la part de celle qui était censée être ma meilleure amie. Lui et moi n'avions encore rien déclaré à nos entourages respectifs. Enfin... à nouveau je dois employer le mot « pratiquement », mais elle ne faisait pas partie des quelques privilégiés. Mis à part ce léger détail, je me sentais véritablement bien. Sa présence à mes côtés avait su défaire la majorité de mes tourments. Il faut avouer que mon enfance n'a pas été très facile. Entre les disputes incessantes auxquelles j'assistais entre mes parents lorsqu'ils vivaient sous le même toit et celles qu'ils ont eu une fois séparés pour savoir lequel des deux méritait le plus d'avoir notre garde, puis la situation financière et la santé de ma mère, tout en passant par le harcèlement que je vivais à l'école, j'avais eu de quoi pleurer mille fois. J'avais été sacrément servie pour une fillette qui n'avait rien demandé à personne. La vie avait fait que mes larmes aient commencé à couler très tôt. Pour autant je n'en voulais pas à mes parents pour ces dix-huit années de combats acharnés entre eux, mais j'aurais simplement préféré qu'ils s'ignorent et nous laissent passer chez l'un ou chez l'autre comme bon nous semble. Je n'en ai jamais voulu à ma mère d'avoir souhaité nous garder auprès d'elle malgré sa situation plus que difficile à bien des niveaux. Je pense que tous ces évènements m'ont permis de grandir, de murir plus vite que les autres. Ils m'ont appris à être la personne que je suis aujourd'hui, ce qui à mon sens ne donne pas un si mauvais résultat. En revanche, j'en ai voulu à mes bourreaux, car contrairement à mes parents, aucun de leurs actes n'était motivé par de l'amour à mon égard. Ils n'étaient que méchanceté pure et hypocrisie. Ils me privaient de confiance et d'estime de moi, à tel point que j'avais fini par penser que je ne valais pas la peine que l'on s'intéresse à moi.

C'est à peu de choses près le même schéma que celui de mon enfance que j'ai fini par vivre cette année-là. Mais avant que ça ne tourne au cauchemar, tout était merveilleux et c'est pour cette raison que je me sentais si bien, tout ce que j'avais subi ne pesait plus rien sur ma poitrine. J'étais aux anges. J'étais heureuse. Je goûtais au bonheur, au vrai.

Assez paradoxalement, c'est aussi ce bonheur si intense qui a permis tant de souffrance par la suite. J'étais très loin de me douter que ma vie pouvait devenir pire que ce que j'avais déjà vécu auparavant.

Pour la petite anecdote, je me souviens qu'environ un an avant ces évènements, alors que j'étais très affectée par ce que je vivais au lycée, j'avais formulé un vœu. En réalité, c'était un vœu qui en valait trois. Pour ce vœu, j'avais demandé dans l'ordre suivant d'obtenir mon diplôme, de vivre une relation amoureuse puis d'avoir un cheval. J'avais noté ce vœu sur un morceau de papier qui est très vite tombé aux oubliettes. J'espérais que ma patience et ma bonne conduite amèneraient ce vœu à se réaliser. Ce n'est qu'un an après avoir vécu l'histoire que je vous raconte que j'ai remis la main sur ce fameux morceau de papier, totalement par hasard. J'ai été très surprise de le relire et par la même occasion de constater que chacun de mes souhaits s'était accompli.

Pour moi, ça relevait réellement de la magie. Seulement, il existe un dicton qui dit que la magie a toujours un prix et celui que j'avais payé pour ça n'en valait pas la peine.

CHAPITRE 6

« Que s'est-il passé lorsque vous avez annoncé la relation à votre amie ? »

Si je vous dis : ma descente aux enfers, vous y croyez ? Parce qu'il s'agissait bien de ça. Littéralement. Avoir avoué à cette fille mon intimité avec cet homme a été la plus grande erreur de ma vie. Je m'attendais à ce que l'amie qui nous avez mis en contact et qui avait fini par nous pousser l'un vers l'autre tous les jours durant des semaines afin de nous voir enfin ensemble, sauterait de joie le moment où je lui annoncerais.

Hélas, ce fut l'exact opposé. C'est avec effroi que j'ai découvert ce jour-là le dessous de sa personnalité, la face cachée de l'être qu'elle me montrait depuis des années. Je vous avais dit que l'amitié qui existait entre nous était malsaine et c'est à cet instant précis que j'ai commencé à en avoir les preuves formelles. C'est à cet instant que j'ai commencé à en prendre conscience. J'aurais dû couper les ponts après la scène horrible qu'elle venait de m'infliger, parce qu'une personne qui ne se réjouit pas de votre bonheur, mais vous le reproche et vous jalouse au point de vous le faire regretter ne mérite pas de rester à vos côtés. Seulement, même si je le savais au fond de moi, il m'était impossible de choisir entre l'un ou l'autre. J'avais droit au bonheur comme n'importe qui sur cette planète et je refusais de devoir le sacrifier sans avoir au moins une bonne raison de le faire. Je n'avais pas à le faire. J'avais le droit de profiter des bonnes choses qui arrivaient dans ma vie.

J'avais déjà eu beaucoup de mal à lui annoncer ma liaison. D'abord parce qu'il s'agissait de ma première et qu'en parler me sortirait de mon rêve pour rendre tout cela réel, et ensuite parce qu'entre elle et moi ne devait subsister aucun secret. Et ça, c'était vraiment très dur. La notion de vie privée, d'intimité, elle me l'avait fait perdre. Pour elle cela s'apparentait à un mensonge et moi naïvement j'y croyais. Je savais alors que je devrais tout lui raconter de ma relation, sans omettre le moindre détail et c'est cette raison qui m'avait poussé à ne rien révéler au départ. Je voulais vivre mon rêve quelque temps avant le retour brutal à la réalité.

Avec le recul, plusieurs années après, c'est avec tristesse que je prends conscience de cette ascendance si forte qu'elle exerçait habilement sur moi. J'étais un véritable pantin entre ses mains, une proie à sa merci qu'elle se réjouissait de faire trembler. C'était un peu comme si je lui appartenais et que je n'avais rien le droit de posséder de plus qu'elle. Comme si tout ce que j'avais devait lui revenir. Elle voulait tout s'accaparer, tout s'approprier. D'ailleurs, la réaction qu'elle a eue ce jour-là l'illustre formellement. Elle s'était mise à hurler alors que je m'attendais à des rires. De sa bouche ne sortaient que des reproches alors que je pensais recevoir des conseils. Le pire fut probablement toutes ses insultes qui me saignaient les oreilles alors que j'espérais des félicitations. Pourtant, ce qu'il y a eu d'encore plus alarmant était la méthode que j'avais été forcée d'employer pour qu'elle se calme. Un mensonge. Une méthode vieille comme le monde. J'ignorais qu'il était vrai de dire que les choses que l'on veut entendre ne sont pas toujours celles que l'on doit entendre. Je lui avais donc fait croire que mon annonce n'était en fait qu'une blague pour la charrier. Une blague montée de toutes pièces pour qu'elle arrête de vouloir à tout bout de champ nous mettre ensemble. C'était son idée, à lui.

Notez l'ironie de la situation. Le paradoxe de ses agissements. La contradiction de ses paroles. À cet instant, mon monde venait de s'écrouler, mon conte de fées venait de prendre fin, mon rêve de virer au cauchemar. En une fraction de seconde, nous étions entrés dans ce que l'on appelle communément « le début de la fin ».

CHAPITRE 7

« Comment ont évolué vos relations après ça ? »

Après la fameuse révélation de notre couple à mon amie que nous avions finalement cachée à nouveau, ma vie sentimentale s'est affreusement détériorée. Aussi bien sur le plan amical, familial qu'amoureux.

En ce qui le concerne lui, les choses ne se sont pas dégradées tout de suite. Le mois qui a suivi mon annonce avait eu son lot de difficultés entre nous, mais mon principal problème résidait dans mon état d'esprit. Je me sentais prise au piège et l'impossibilité de pouvoir révéler ma relation me rongeait de l'intérieur. Ça me détruisait. J'avais cependant remarqué, alors que nous avions pour habitude de parler sans cesse et à toute heure, que nos conversations pourtant d'ordinaire si captivantes commençaient à avoir des fins et à perdre de leur intensité. La magie de nos débuts était peu à peu en train de disparaître pour ne laisser derrière elle que doute et désolation. Au départ j'avais essayé de me rassurer, pour ne pas dire me voiler la face, en me répétant que tout ceci n'était qu'un passage normal dans une histoire d'amour et que cela passerait au fil du temps. Bien évidemment ça ne fut pas le cas. Au contraire. Tout avait fini par s'aggraver. Mon amie, qui avait ancré dans mon esprit qu'une fin de conversation était un drame et même un mal impardonnable, me poussait à aller au conflit avec lui. Sans que j'en prenne conscience sur le moment, elle avait instauré jour après jour en moi toutes ses petites manies toxiques que je détestais tant, mais que je me mettais désormais à appliquer et qui venaient petit à petit détruire ce qu'il restait de ma relation.

Après ça, tout est allé de travers. Je sentais mon cœur se briser un peu plus chaque jour et pas un ne passait sans que je ne verse au moins une larme. Ce fut une période vraiment difficile à vivre. Trop difficile si vous voulez mon avis. Sans compter que mon père me voyait malheureuse sans que je ne lui donne aucune explication. Ça aussi ça me tuait. Ça ne faisait pourtant que commencer. La suite promettait d'être terrible, mille fois pire au moins et ça, j'aurais aimé y être préparée.

Un petit moment s'était écoulé depuis les froids et l'éloignement entre nous avant qu'il ne se remette soudainement à se rapprocher de moi suite à des excuses de sa part qui paraissaient sincères. Je crois d'ailleurs que le rendez-vous qui a suivi cette réconciliation fut l'un des plus incroyables que nous ayons partagé. J'avais pensé à tort après cette nuit où j'avais retrouvé toute la magie perdue les semaines précédentes que tout irait pour le mieux.

Hélas ce fut sans compter l'intervention d'une amie malintentionnée et de sa petite bande de caniches aussi écervelées et méchantes les unes que les autres. L'amusement que leur procurait l'acharnement dont elles faisaient preuve envers moi laissait un froid dans le dos. Elles avaient mis tellement d'énergie dans leurs vices que la force de mes sentiments ne pouvait pas rivaliser avec leur envie effroyable de détruire ce qu'il restait entre moi et l'homme que j'aimais. À cause d'elles, chaque nouvelle semaine apportait son lot de drames et cette histoire qui avait pourtant si bien commencé se transformait peu à peu en une séance de torture organisée spécialement pour moi. Je ne rêvais plus que d'une chose : qu'elle s'arrête, cette relation qui m'avait tant fait rêver. Je voulais qu'elle s'achève, sinon c'était moi qu'il faudrait abattre. Et pourtant elle semblait ne jamais vouloir en finir.

Un jour, alors que mon cœur et mon esprit avaient déjà enduré mille souffrances, il s'était décidé à mettre un terme à notre relation. J'avais accepté. Capitulé plutôt. Sans rien dire ni rien laisser paraître. Ou presque. J'étais anéantie, dévastée, brisée de l'intérieur. Je n'arrivais pas encore à comprendre pourquoi j'avais si mal. Ça ne pouvait pas venir uniquement de l'amour. Au fond, j'en connaissais les causes.

Après ça, nous sommes restés amis malgré tout. Souvent on se croisait sur le quai de la gare, on prenait le même train à l'époque, lorsque je me rendais à la fac. J'étais en lettres classiques, pour ne pas changer. L'ambiance entre nous était parfois étrange et pour ma part cette situation était douloureuse. Malgré tout, je savourais.

Un jour, à force de patience, alors que je n'osais plus rien espérer et sans que je ne puisse en expliquer les raisons, j'ai reçu un message de sa part. C'était quelques minutes à peine après que nous nous soyons quittés à la sortie du train. Nous avions perdu cette habitude de parler par téléphone, en vérité nous n'échangions plus qu'en face à face quand la chance nous permettait de nous croiser. Alors forcément, recevoir ce message de lui, ça m'avait réchauffé le cœur. D'autant plus que ce dernier disait « *tu étais belle* ». J'étais affreuse pourtant. J'avais les yeux rouges, gonflés et cernés après avoir passé la journée à pleurer. Mais il venait de me dire que j'étais belle. C'était la seule chose qui comptait. Ça m'avait rappelé toutes ces nuits où il me murmurait à l'oreille ces mêmes mots.

Suite à ce message, il s'était à nouveau mis à se rapprocher de moi. Il retrouvait sa douceur et sa tendresse d'autrefois. Il me complimentait, me faisait rire et m'encourageait à nouveau. Il me répétait sans cesse que je lui manquais. S'il savait. Puis arriva le jour où nous nous sommes revus. Pas sur les quais, pas en plein jour. Je me souviens encore de la date. À vrai dire je me souviens de toutes les dates. Il s'agissait là de notre dernière nuit passée ensemble, de notre dernier rendez-vous même. Inconsciemment, je le savais.

De son côté, après cette fameuse annonce, mon amie a d'abord commencé par reprendre ses esprits. Suite à quoi, elle a aussi recommencé à nous pousser l'un vers l'autre. Comportement que je ne comprenais plus après la réaction qu'elle avait eu. Puis, sans raison apparente qui puisse justifier cet acte, elle s'est éloignée de moi. Et plus elle s'éloignait de moi, plus elle se rapprochait de lui. Elle devenait froide, distante, hautaine. Elle me rabaissait, auprès de moi, mais aussi auprès de lui. Salissait mon image quand moi je la surélevais. Elle me reprochait mes secrets, mais disait ne pas avoir à me donner les siens. Et les siens étaient pires. Ce que je gardais pour moi relevait de ma vie privée, ce qu'elle gardait pour elle relevait d'une trahison. Un jour, toujours sans aucune explication, elle est partie. Aujourd'hui je sais que c'est parce qu'elle avait eu ce qu'elle voulait. L'évènement coïncidait avec ma récente rupture amoureuse. Je l'avais appelé, espérant changer les choses, mais les seuls mots qu'elle avait à la bouche étaient que nous n'avions plus rien à nous dire. Ce qui aurait dû m'alarmer était le ton vainqueur qu'elle employait au téléphone. Elle n'avait même pas essayé de s'en cacher.

Dix jours précisément après ça, je vivais mon fameux dernier rendez-vous avec lui et trois jours après ce rendez-vous il y eut à nouveau des appels. Cette fois ce fut lui qui me laissait tomber. Il avait prétexté la maladie, mais il mentait. C'est elle qui lui avait posé un ultimatum. J'ignore lequel, et à l'époque j'avais découvert la supercherie dès le lendemain, mais ce tissu de mensonges mal ficelés avait eu sur moi l'effet d'une bombe. Il venait de finir de m'achever. J'avais littéralement l'impression que l'on était en train de m'arracher chaque membre et chaque organe à main nue. La douleur était telle que je ne pouvais m'empêcher de laisser s'échapper des hurlements de douleur et de désespoir. J'étais réellement à l'agonie. De l'extérieur, on aurait pu croire que dans ma maison se tenait la pire des séances de torture n'ayant jamais été réalisée sur l'Homme. J'aurais pratiquement pu me noyer dans mes larmes, m'étouffer dans mes souffles, perdre la voix dans mes cris. À vrai dire, même si mon état eut été bien pire par la suite, jamais de ma vie je n'ai connu pire souffrance que ce jour-là. Ni avant ni après.

CHAPITRE 8

« Vous subissiez de la pression ? »

De la pression ? Oui, j'en subissais. Beaucoup trop en fait pour quelque chose d'aussi banal qu'une histoire de cœur. Une histoire qui ne concernait pourtant personne d'autre que lui et moi. La plupart des personnes qui se sont un jour mêlées de ma relation avec cet homme n'auraient jamais dû ne serait-ce qu'en entendre parler. Et ce sont ces mêmes personnes qui ont pris part à la pression que j'encaissais. D'ailleurs cela s'apparentait bien plus à du harcèlement. Un concept qu'on a tant de mal à accepter lorsqu'on le vit, lorsqu'on en est témoin et même lorsqu'on en est coupable. Ce concept qui détruit nos vies, mais que l'on n'ose très souvent jamais dénoncer. Pourtant ça mérite d'être puni. Ils le méritent, les gens qui en sont coupables. Moi je n'ai pas osé en parler. Enfin pas aux bonnes personnes. La femme que j'étais allée voir pour me confier avait retourné sa veste au dernier moment pour me dissuader d'entamer de quelconques poursuites, ni même me laisser ne serait-ce qu'en parler aux parents de mes tortionnaires. Elle s'était mise à les plaindre devant moi et à les faire passer pour de malheureuses victimes qui allaient beaucoup en souffrir à l'avenir. Ça aurait pu être vrai, mais au moins ils auraient appris ce que cela coûte de nuire à autrui. Parce qu'évidemment ces personnes-là ne se sont pas arrêtées à cette histoire pour s'en prendre à moi. Elles ont continué les années suivantes. Une en particulier.

En ce qui concerne la pression, et uniquement la pression cette fois, je m'en procurais déjà à moi-même. À l'époque, je tentais vainement de dissimuler mon état pitoyable à mon père. Dans mon esprit je le faisais pour le protéger. Il avait déjà fait au cours de sa vie plusieurs AVC à cause de la contrariété et j'avais peur d'être un jour responsable de l'un d'entre eux s'il apprenait que sa fille souffrait d'une dépression et devait désormais avaler certains médicaments que l'on appréhende tous de prendre un jour. Tout cela à cause d'une fille qu'il accueille encore à bras ouverts chez lui. Mais je ne peux pas lui en vouloir, il n'est pas au courant.

Il y eut aussi ma mère. Je ne saurais dire si c'était par manque d'attention, par incompréhension, par peur, ou parce qu'elle souffrait de me voir comme ça, mais sa conduite m'oppressait et parfois même me détruisait davantage. Elle se retournait contre moi, me rabaissait et parfois m'imposait des situations qui me poussaient peu à peu vers l'envie d'y passer. Ça aussi c'est un terme fort, mais nous en parlerons plus tard. En revanche et de manière assez étonnante, il y eut pas mal d'autres fois où elle m'apportait tout le soutien dont j'avais besoin, tout l'amour maternel qu'il me fallait pour m'apaiser. Ça me faisait du bien, mais comme j'aurais aimé qu'il y en eût plus. Ces comportements aléatoires ne pouvaient que laisser du mal derrière eux. Avec du recul je sais que ses agissements étaient surtout guidés par ses problèmes de santé, mais à vrai dire, cela n'excuse pas tout.

Parlons du harcèlement plus en détail. Toute cette histoire et sur de nombreux points n'était déjà pas très drôle à vivre, mais ce sujet-là était pour moi le plus stupéfiant. Si vous avez bonne mémoire, vous vous souviendrez du fameux groupe de copines qu'avait mon amie indépendamment de moi. Eh bien elles, ce sont les pires. Je vous en ai déjà parlé, mais je devais y revenir. Mon explication manquait de détails.

Alors voilà ce qu'elles faisaient : chaque fois que je postais quelque chose sur les réseaux sociaux, mon contenu était épié, jugé et analysé de sorte qu'elles aient toujours un prétexte pour entrer en contact avec moi et cracher leur venin. Les méthodes d'intimidation qu'elles utilisaient montraient bien qu'elles n'en étaient pas à leur coup d'essai. Je ne pouvais pas boire un café ou aller au restaurant entre amies sans qu'on ne vienne fouiller dans ma vie pour tenter de savoir où, quand et avec qui je sortais. Ce qu'elles essayaient tant bien que mal de découvrir était si oui ou non le garçon autour de qui tout tournait à cette période se trouvait avec moi ou pas.

Je me souviens tout particulièrement avoir reçu de nombreux coups de pression à cause d'un téléphone qui apparaissait sur l'une de mes photos et qui était le même que celui qu'il avait. Cette histoire avait fait beaucoup de bruit. Évidemment des messages d'insultes, d'intimidation et de menaces, j'en recevais à la pelle. Et puis mes réseaux n'étaient pas les seuls endroits où j'étais pistée. Chacun des mouvements que je faisais était retranscrit et parfois même photographié à mon insu pour en informer vous savez qui. Et oui, tout ça, c'était pour elle, pour celle qui était censée être mon alliée. L'un de ses sbires avait même usurpé mon identité au téléphone pour tenter d'engendrer une dispute entre mon compagnon et moi. Ça avait bien failli fonctionner, mais l'honnêteté dont j'avais toujours fait preuve envers lui avait porté ses fruits. Il s'était vite excusé de m'avoir soupçonné et avait vite compris d'où venait cette supercherie. Moi aussi d'ailleurs.

CHAPITRE 9

« Qu'êtes-vous devenue suite à tout ce mal ? »

La solitude dans un moment pareil c'est invraisemblablement la pire chose qui puisse arriver à quelqu'un. Même si l'on peut facilement imaginer qu'il faudrait profiter de ces instants pour se retrouver soi-même, ce n'est pas de cela dont nous avons besoin, nous. Quand on se retrouve seul comme je l'ai été, on se sent juste trahi et abandonné, sans compter tout ce que notre image finit par nous renvoyer. En sachant tout ça et en étant témoin du misérable état dans lequel j'étais, je n'aurais jamais dû être laissée seule. Et pourtant...

Dépression. Le mot est fort. Avant je n'arrivais pas à l'accepter, un peu comme pour le harcèlement. Aujourd'hui, en ayant réellement conscience de chaque chose vécue cette année-là, ça me fait mal.

Ce mot me terrifiait et me terrifie encore maintenant. Peut-être même plus. Je croyais à tort que l'on ne pouvait jamais s'en relever. Il m'arrive encore parfois d'en douter pour être honnête. Tous ces mois passés à mener des combats, qu'en fin de compte ni moi, ni elle, ni lui n'avons remportés, ont fini par m'isoler de tout et de tout le monde.

Mes amis : je m'étais peu à peu éloignée d'eux aux dépens de celle qui passait son temps à me poignarder dans le dos. Ça n'était pas la seule raison. À vrai dire, le simple fait d'entretenir une relation sociale me paraissait insurmontable, une vraie torture.

Ma famille : je ne leur accordais pas plus d'attention qu'aux autres.

Mon père : je m'étais éloignée de lui au point de ne plus le voir, de ne plus lui parler. J'écourtais même le peu d'appels que nous avions.

Ma mère : je ne pouvais pas avoir une conversation avec elle sans que ça se termine en dispute, alors je préférais l'ignorer plutôt que de la laisser contribuer à m'enfoncer dans un mal encore plus profond.

Ma sœur : je la voyais agir pour le compte de celle qui m'avait décimée, servir d'espionne ou de messager à sens unique. Le sentiment de trahison que j'éprouvais était tel qu'elle aussi me broyait de l'intérieur.

Mon amie : elle ne l'était plus et se réjouissait auprès de qui voulait l'entendre de ses exploits sans jamais se remettre en question sur l'état dans lequel elle m'avait mise.

En résumé, mes relations étaient devenues désastreuses avant de devenir inexistantes. Mais il n'y avait pas que ça. J'étais en train de perdre goût à tout, de prendre peur de chaque chose. Tout ce qui faisait partie de ma vie devenait petit à petit épreuve et source d'angoisse pour ne pas dire phobie.

Au début, je n'arrivais simplement plus à sortir sans verser au moins une larme dans la journée. Ça n'était d'ailleurs pas une petite larme de temps à autre qui coulait, mais bien des torrents si forts que cela me vidait lentement de la faible force qu'il restait en moi.

La douleur que j'avais au fond du cœur, elle, semblait devenir peu à peu physique. Elle me donnait la pénible impression qu'une chaîne s'amusait à se resserrer tout autour de lui, me laissant juste assez de souffle pour me tenir en vie, mais pas assez pour me sentir en paix.

Par la suite, plus le temps passait et plus même mettre un pied dehors devenait insurmontable. Le chemin que je parcourais à l'extérieur se faisait de plus en plus court avant que je ne décide de faire demi-tour. Et enfin, est arrivé le jour où même me lever du lit m'était devenu impossible.

La mort. C'est un mot violent aussi ça, mais c'est tout ce que j'avais fini par attendre. C'était tout ce que je souhaitais. Comme je ne voyais et ne parlais à personne, j'en étais venue à supplier un Dieu en lequel je ne croyais même pas de me libérer de cette souffrance. Qu'importait la manière et qu'importait le prix à payer. Mais il y a toujours eu silence radio. Était-ce parce que je n'étais pas une vraie croyante ? Ou parce que je ne me tournais pas vers la croyance qui me correspondait le plus ? Je ne sais pas, mais je passais mes journées et mes nuits à hurler de douleur et à pleurer jusqu'à me dessécher de l'intérieur en attendant un miracle. J'étais désormais incapable de sortir sans que ça provoque chez moi une crise de panique totale. Ne serait-ce qu'ouvrir mes volets pour laisser passer la lumière du jour était devenu une frayeur. Et manger ? C'était quoi manger ? Ouvrir mon frigo me donnait envie de vomir. Me forcer à prendre au moins une bouchée pour ne pas me retrouver le ventre vide me dégoutait. J'en avais oublié le goût exquis que pouvait avoir chaque aliment que j'avais déjà savouré dans ma vie. Dix kilos. C'est le poids que j'ai perdu en deux ou trois mois à cette période et je n'étais déjà pas dans mon poids de forme. Mon corps me faisait véritablement souffrir de toutes parts. Il manquait cruellement de force et de vitalité. Je ne pouvais plus me tenir debout sans voir naître une migraine et devoir me tenir au mur pour me déplacer. Même respirer était devenu atrocement douloureux.

Pourtant, mon corps n'a jamais cédé. Jamais. C'était ce que j'attendais de lui, mais ça n'est jamais arrivé. Un peu comme si lui n'avait pas abandonné ce combat. Et il était ravagé, tout autant que mon âme et mon esprit d'ailleurs. Tout ce que je voulais, c'était partir. Seulement, j'avais trop peur de passer à l'acte moi-même. De façon aussi directe. Ça n'était pas faute d'avoir essayé, mais à mon grand damne à l'époque je n'ai jamais pu aller au bout. Fort heureusement ma sœur était intervenue la première fois. Quant à la seconde, je me suis ravisée. À cet instant, allongée seule sur le sol froid de ma chambre encore plongée dans le noir et fixant le plafond sans vraiment y prêter attention, je venais de comprendre que je ne voulais pas mourir. Plus mourir. Ce constat venait de m'achever. Je m'étais alors remise à pleurer après un bref instant de silence. Mon tourment était vraiment trop dur à supporter, alors pourquoi est-ce que j'avais soudainement décidé de rester ? J'étais dévastée, détruite, brisée, anéantie. Je me sentais trahie, abandonnée, délaissée, trompée. Pas seulement. Tout ça, ce n'était pas assez fort. Je me sentais mourir. Alors pourquoi ce revirement ?

La réponse, la voici.

Ces larmes qui s'étaient remises à couler, elles étaient différentes. Elles avaient l'odeur du soulagement. Le goût de la délivrance. Le son de la liberté. La douleur était toujours présente, mais quelque chose venait de se produire. En y repensant, c'est peut-être parce que je suis morte ce jour-là que je ne suis pas allée au bout de mon acte de désespoir.

La fille qui avait trop souffert était enfin partie. Elle avait laissé sa place à une autre pour enfin pouvoir s'apaiser. La nouvelle, elle, plus forte que la précédente, allait devoir recoller chaque morceau du corps, de l'âme et de l'esprit dont elle venait d'hériter. Elle venait de se voir attribuer la mission la plus difficile qui soit et que ce corps puisse connaître au long de sa vie. Elle devait le reconstruire, le consolider et le préparer avant de pouvoir à son tour le léguer à celle qui en ferait bon usage.

CHAPITRE 10

« Comment s'est terminée cette histoire ? »

Quand la fin de cette histoire est arrivée, je n'ai rien eu le temps de voir venir. Tout est allé beaucoup trop vite pour moi. Si vite que j'ai cru sentir ma tête exploser à mille reprises. Je n'ai même pas eu le temps d'être plus que spectatrice de cette fin.

J'ai commencé par apprendre que mon amie avait eu une aventure avec l'homme vers lequel elle me poussait jadis. Ils sont restés ensemble un peu moins de deux semaines et la raison de leur séparation la voici : un jour à peine après qu'il ait prétexté la maladie pour couper tout contact avec moi, il m'avouait déjà que son acte ne découlait pas de sa propre volonté. Elle lui avait lancé un ultimatum qu'il n'avait pas eu le courage de refuser. Leur rupture a donc suivi son envie de faire marche arrière à ce sujet. Comme elle avait très mal pris le fait qu'il décide de rester en contact avec moi parce que je cite *« je ne méritais pas d'être laissée sans raison »*, elle avait décidé de le quitter.

C'est ce jour-là, lors de cette conversation, que j'ai officiellement découvert qu'ils étaient bel et bien en couple. Ce qui était effroyable dans un sens, mais agréable dans l'autre était de constater qu'il l'avait trompée avec moi. Enfin, bien que cela impliquait qu'il m'ait à l'inverse aussi trompée avec elle, dans mon malheur j'avais l'impression de tenir une revanche que je n'avais même pas envisagée. Parce que, vous vous souvenez de ce fameux dernier rendez-vous ? C'est à cette période qu'il la fréquentait et qu'en parallèle il avait passé les deux semaines de leur couple à se rapprocher à nouveau de moi. Était-ce par manque ? Par envie ? Pour jouer ? Je ne sais pas.

L'autre chose d'étrange que j'ai éprouvé en découvrant la vérité fut de me sentir bien plus trahie par mon amie que par lui. Peut-être était-ce le fait de la voir nier et mentir en s'énervant de sorte à justifier ses paroles alors que lui, à l'inverse m'avait directement fait part de la vérité et de ses regrets.

Par la suite, alors que je n'avais gardé contact qu'avec lui et lui qu'avec moi, j'ai fini par recevoir un appel de mon ancienne acolyte venant m'annoncer que l'amant que je croyais connaître un minimum maintenant avait encore une autre relation cachée. Celle-ci datait de bien avant notre rencontre et ne s'était d'après elle jamais arrêtée et d'après lui que partiellement terminée. Lorsque je l'ai écouté s'expliquer plus en détail, il me disait que cette fameuse relation battait de l'aile à l'époque où il me courtisait, qu'il s'était posé pas mal de questions et qu'il n'avait pas joué la comédie avec moi.

Tout se bousculait dans ma tête, j'avais l'impression d'être incessamment prise de vertiges. Cette histoire était devenue bien trop grande pour moi et tout est allé encore plus vite après ça.

Harcèlement, pression, menaces, insultes et confrontations. Elle avait tout repris, mon ex-amie, mais cette fois la cible c'était lui. Elle prétextait même être redevenue mon amie le temps de pouvoir élaborer sa vengeance. Un nouveau plan pour détruire une nouvelle vie. Elle se servait d'ailleurs de mon histoire pour justifier ses actes. Il fallait avouer qu'elle n'avait que peu de raisons et de légitimité pour rester mêlée à tout ça. Elle était plutôt mal placée. Moi je voulais juste disparaître avec mes secrets, je ne prenais pas le temps de voir l'hypocrisie dont elle faisait preuve. Ce n'est que bien après que j'ai fini par le constater.

Les jours qui ont suivi une confrontation dont je vous parlerai dans quelques minutes et lors de laquelle elle me prenait la main en jurant devant lui qu'il n'avait pas réussi à briser notre amitié, elle tenait déjà des propos peu similaires. Elle disait à qui voulait l'entendre n'avoir aucune sorte d'estime ou d'affection à mon égard. En apprenant cela, j'ai moi-même coupé les ponts avec elle. Elle a fini par le regretter au point de pleurer au nom de notre amitié à laquelle elle disait finalement tenir. D'après elle, je n'en avais rien à faire. Ça n'était pas faux, je m'en fichais pas mal. Mais savoir qu'elle avait pleuré m'avait attendri. Ça n'aurait jamais dû. Notre histoire à toutes les deux ne s'est pas arrêtée là, mais passons.

Le manque de discernement dont elle avait fait preuve avait bien failli l'envoyer, elle et ma sœur, au commissariat. Fort heureusement et suite à un choix qui ne m'a pas du tout paru difficile à faire, à savoir rétablir la vérité auprès de tout le monde pour protéger ma sœur de la plainte qui avait été déposée contre elles, nous avions finalement tous décidé de nous rencontrer. Ce face-à-face, qui a mis un terme à tout lien entre lui et nous, m'a tout de même laissé en proie au doute quant à la réalité des sentiments qu'il avait ressentis pour moi.

Je ne les oublierai jamais, ses yeux plongés dans les miens, m'affirmant qu'il avait été avec elle uniquement parce que leurs sujets de conversations étaient « bien », mais que tout ce qu'il avait entrepris avec moi n'avait jamais été fait sans une véritable raison. Ce sont ces paroles qui, encore maintenant, résonnent dans ma tête. Mentait-il encore à cause du mal qu'il m'avait fait et qu'il pouvait lire sur mon visage ? S'en voulait-il ? Était-ce un jeu depuis le début pour lui ou avait-il réellement ressenti de l'amour pour moi ? Je n'ai jamais eu la réponse exacte à ces questions. Je ne l'aurai probablement jamais. De toute façon je crois préférer ne rien savoir. La réponse, quelle qu'elle soit, pourrait encore aujourd'hui me faire du mal. D'ailleurs, après ce jour, je ne l'ai plus jamais revu. Nulle part. Pas même croisé. Il avait disparu de ma vie comme s'il n'avait jamais existé.

Pourtant je savais qu'il était toujours là, quelque part.

———————◆———————

CHAPITRE 11

« Pourquoi ne pas être partie plus tôt ? »

C'est une question qui revient assez souvent. À vrai dire la réponse est à la fois simple et compliquée. Pour lui la raison est assez évidente : c'est par amour que je suis restée. Jamais dans ma vie et encore à cette heure je n'ai aimé quelqu'un comme je l'ai aimé lui. On ne renonce pas aussi aisément à son premier amour, surtout lorsqu'il semble si parfait. Sans compter qu'il ne m'a jamais, à aucun moment de notre relation, donné de raisons pour me pousser à partir. Il semblait toujours très attentionné, doux et respectueux et prodiguait en moi la sensation d'être désirée et aimée. Je me sentais tel un trésor à ses yeux. Aucun sentiment n'est plus agréable que celui-ci. En vérité ce n'est qu'en apprenant l'existence de sa relation parallèle qu'un argument venait d'apparaître contre lui, mais honnêtement sans cette dernière confrontation où notre rupture fut forcée, je suis incapable de vous garantir que je l'aurais de moi-même quitté. Je l'aimais si éperdument que mon pardon lui était déjà acquis. Je lui accordais volontiers l'emprise qu'il avait sur moi. Mais ce terme convient bien mieux à cette fille. Elle disposait d'une emprise si forte que l'impression de lui appartenir me collait à la peau constamment. J'en étais venue à penser que ma vie sans elle n'avait aucune valeur, aucun sens. C'était faux assurément, mais je ne l'ai compris que trop tard. Elle se proclamait actrice de ma propre vie sans même me laisser y prendre part. Enfin... mieux vaut tard que jamais pour s'en rendre compte pas vrai ? N'oublions pas que sans cette histoire je n'en serais pas là aujourd'hui. La personne que je suis et les choses que je vis depuis n'existeraient peut-être pas à cette heure. La souffrance aurait été probablement moins intense, il est vrai, mais j'ai l'intime conviction que ce passage de ma vie était nécessaire pour m'en apprendre la valeur.

Revenons à nos moutons. Concernant mon amie j'ai connu au long de cette année mille et un moments pour fuir les jambes à mon cou. Autant d'opportunités où il fallait partir et ne jamais se retourner. Pour commencer, la fin aurait dû prendre le jour où elle s'est mise à me hurler dessus après lui avoir annoncé ma relation. De même que toutes ces fois où elle laissait ses amies me briser sans rien dire, juste en observant et patientant sagement de voir le terrain suffisamment dégagé. Ça aurait aussi dû prendre fin lorsque j'ai découvert son aventure avec l'homme que j'aimais tout ça sans montrer le moindre scrupule, sans éprouver le moindre remord et tout en sachant qu'elle me ferait le plus grand mal. Ou encore quand elle se vantait de son hypocrisie, criant au monde qu'elle n'était pas mon amie tandis qu'en ma compagnie son discours différait considérablement. Tout le cinéma montré en me serrant la main si fort et en jurant que notre amitié n'était pas brisée lors de la confrontation finale prouvait d'elle qu'elle était sacrée comédienne.

Tout ce que je viens d'énumérer ne date que de la période même de cette histoire, seulement ses agissements ne se sont pas arrêtés là. Les années qui ont suivi, j'aurais dû rester sur mon choix de la rayer de ma vie, je n'aurais pas dû céder à ses larmes et ses belles paroles. Le problème c'est que chaque fois qu'elle faisait un pas vers moi, je faisais l'erreur de lui pardonner. Alors voilà, plusieurs mois après notre réconciliation c'est en m'avouant avoir été motivée par de la concurrence et avoir agi comme elle l'a fait dans l'unique but de vérifier qu'elle pouvait rivaliser contre moi dans le domaine amoureux qu'il aurait été sage de partir. Elle ne voulait que gagner face à moi sans s'inquiéter des victimes faites sur son passage. Et ce n'est pas tout, parce qu'elle a aussi ouvertement dit à ma sœur que si je prévoyais d'attenter à ma vie, de commettre ce geste irréversible, irréparable, impardonnable, je pouvais le faire tant que ça ne se passait pas sous ses yeux.

Vous le pourriez, vous ? Dire que la seule chose qui vous inquiète c'est d'assister à cet acte sans se soucier du problème en lui-même ? C'est ignoble. Surtout lorsqu'on en est en majeure partie responsable. Je n'arrive pas à concevoir que l'humanité puisse porter en son sein ce genre de monstre. Parce que oui, pour moi ça ne peut être que les paroles d'un monstre.

Pourtant, ce n'est pas ça non plus qui m'a poussé à couper les ponts. Ce n'est qu'après avoir accueilli cette fille quasiment deux années entières, à mes frais et ceux de ma mère, dans ma maison et dans ma propre chambre que j'ai fini par mettre un point final à notre relation. Elle ne faisait preuve d'aucune reconnaissance, me manquait cruellement de respect, ne faisait que me rabaisser et me tirer davantage vers le bas, ne m'apportait aucun soutien et se vantait même de profiter de moi. Souvent, elle me laissait pleurer à côté d'elle sans rien dire, sans rien faire. Quand je lui reprochais ça, elle me disait qu'elle n'avait aucune envie de me consoler. M'affirmer droit dans les yeux que l'aide apportée par ma mère et moi-même ne méritait ni respect ni reconnaissance ne lui a même pas paru déplacé. Le monde lui était dû à l'entendre. Et ça, c'était sans compter tout ce qu'elle a pu dire ou faire pour entacher mon image et mon honneur auprès d'autres personnes, que je les connaisse personnellement ou pas.

J'ai malgré tout passé pas mal de temps à la mettre en garde sur son comportement, bien qu'elle n'en ait jamais pris compte. Petit à petit et pour justifier sa conduite, elle se mettait à me reprocher des actes qui ne découlaient que de ce qu'elle me faisait subir, comme mon éloignement ou encore mes nombreux rappels concernant son manque de présence pour moi. Elle a toujours été adepte du retournement de situation.

Assez ironiquement, c'est une malheureuse dispute pour une pitoyable raison qui a mis un terme définitif à notre amitié. Cette fois-ci, aucun retour en arrière possible. J'ai ressenti en moi ce jour-là ce déclic qui vous pousse à aller de l'avant.

Vous l'aurez compris, si je n'ai pas fui c'est en grande partie à cause de l'emprise et celle qu'elle avait sur moi était si forte qu'elle m'empêchait de m'évader. Et pire encore, les jours où je goûtais au bonheur, j'avais peur. Peur d'elle. Aujourd'hui, lorsqu'on me parle de cette fille, ce n'est pas complètement de l'indifférence que je ressens. Je n'ai pas encore extériorisé toute la colère et la rancune que je lui porte. Mais s'il y a une chose dont je suis sûre, c'est du bien que m'a procuré cette séparation. Je venais enfin de me débarrasser du boulet accroché autour de ma cheville et qui m'empêchait de remonter pour de bon à la surface. Maintenant que j'y suis, je trouve ça très plaisant d'avoir la tête hors de l'eau.

CHAPITRE 12

« Et maintenant, vous allez mieux ? »

Aujourd'hui, je suis heureuse. Je peux enfin dire que je suis heureuse. J'ai mis du temps, quelques années à vrai dire pour me remettre de la noirceur de cette histoire, mais c'est bel et bien terminé. J'ai su faire le deuil de chaque relation perdue et de la part de moi que j'ai laissé là-bas. Je ressens encore plusieurs séquelles qui me viennent de cette période, mais je suis sortie de la dépression qui me dévorait de l'intérieur. J'ai fini par retrouver goût aux choses que j'aimais. Goût à la vie. Mon corps délaissé a lui aussi repris de sa vitalité. On m'a bien des fois mené à l'hôpital à cause des nombreux malaises que j'ai pu faire, mais tout a fini par rentrer dans l'ordre. Maintenant il se porte bien, et mon esprit aussi. Ce sont eux les premiers que j'écoute à chaque nouvelle décision que je dois prendre. Terminé l'influence nocive des autres. Me séparer des faits et des gens qui me font du mal sans pour autant remettre en question la valeur de ma vie sans leur présence m'est devenu aisé. Enfin, bien que je ne le croyais pas possible, j'ai fini par tomber amoureuse une deuxième fois. La relation n'a certes pas duré, mais elle a permis de grands changements chez moi et surtout une aide véritable pour tourner la page.

Si des remerciements devaient se faire pour le soutien que l'on m'a octroyé, ils s'adresseraient d'abord en faveur de mon oncle et de ma tante pour ne m'avoir jamais laissé tomber, trompé ou trahi et m'avoir accueilli à bras ouverts chez eux quand j'étais au plus bas. Je doute qu'ils en aient conscience, mais ils m'ont apporté suffisamment d'apaisement pour me maintenir la tête hors de l'eau ou pour être plus claire, ne pas filer tout droit vers la morgue. Ils m'apparaissaient comme la petite source de lumière au milieu des ténèbres.

Que ne fut pas mon plaisir lorsqu'ils ont fait appel à moi et à ma sœur pour écrire leur discours de mariage.

Ensuite s'il fallait remercier ceux qui malgré tout ont contribué à ma destruction, je passerais forcément par ma mère. Elle a peut-être été très difficile à vivre, mais l'amour et l'affection qu'elle me procurait en parallèle ont tout de même permis de m'apaiser quelque peu. Il m'aura fallu du temps pour reconstruire une bonne relation avec elle, moins conflictuelle, mais on y arrive tout doucement et aujourd'hui ma joie est à son comble lorsque je la retrouve.

Du côté de mon père aussi le renouement fut difficile. J'ai longtemps eu l'impression de me retrouver face à un étranger, alors qu'il n'était personne d'autre que : mon père. C'est moi qui avais changé en réalité et bien que le chemin fût long et tumultueux, c'est arrivé. J'ai réussi à me rapprocher de mes deux parents.

En ce qui concerne ma sœur, elle est probablement la personne que j'aurais le moins comprise dans ses actes, mais si l'on oublie un instant tout ce qui a pu me blesser, elle s'est aussi montrée présente dans les moments fatidiques.

Pour vous parler maintenant de mes relations actuelles, sachez que chacune d'entre elles me comble de joie. J'aime chaque personne présente de ma vie. Mon entourage est bien différent de celui que j'avais à l'époque et surtout bien plus restreint, mais il me rend véritablement heureuse. Le processus, parsemé d'embuches en tout genre, n'a pas été de tout repos avant que l'authentique porte de sortie ne se montre, mais la personne que je suis aujourd'hui ne pouvait pas rêver plus belle évolution. Je me sens fière du chemin que j'ai parcouru et du lieu où il m'a mené. Me voilà désormais plus mature et plus réfléchie, plus forte et plus sage, plus indépendante et plus passionnée que jamais. J'ai enfin la chance et la fierté d'avoir réalisé plusieurs de mes rêves d'enfance, comme être l'heureuse propriétaire d'un cheval ou encore avoir publié mon premier roman. Pour être honnête, en jetant un œil sur mon passé, je ne ressens aucun regret. Malgré la difficulté beaucoup de bonnes leçons en sont sorties. Dorénavant et grâce à tout ce que j'ai vécu, chaque épreuve me vient comme un défi à relever, un apprentissage, et je n'en retire que ce qui aura été instructif pour moi. Terminé l'époque où je me laissais déprimer quand tout allait mal.

Alors voilà, je vais bien.
Je le mérite. Et vous aussi.

Et si je devais vous donner le meilleur de mes conseils, je vous dirais : « Ne perdez plus votre temps avec ce qui est néfaste pour vous, qu'il s'agisse de personnes, de biens ou d'évènements.

Et surtout, n'ayez pas peur de vous en séparer. Ayez confiance en vous et aimez-vous. Apprenez à vous découvrir, vous n'en aurez pas assez d'une vie. Et en parlant d'elle, ne la gaspillez pas. Vivez là à fond et vivez là pour vous. Ne faites pas l'erreur de vouloir y mettre un terme pour des personnes qui vous veulent du mal. À vrai dire il n'existe aucune raison valable ni aucune personne sur terre qui mérite que vous quittiez ce monde trop tôt. Si vous ne vous sentez pas bien, parlez à vos proches. Si ce n'est pas suffisant ou impossible, parlez à un professionnel. Parlez même à un inconnu. Parlez-moi. Battez-vous pour votre vie comme si elle en dépendait, car c'est la seule chose que vous ne pourrez jamais remplacer. Vivre pour soi n'est pas un crime et ne fait de mal à personne. Et pour finir, sachez que vous ne serez jamais seul. Il y aura toujours en ce monde quelqu'un qui se soucie de vous, et si aucun nom ne vous vient à l'esprit vous n'avez qu'à penser au mien. »

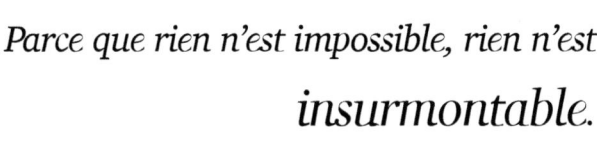

Parce que rien n'est impossible, rien n'est insurmontable.

POSTFACE

Je dois vous faire une confidence…

C'est le cœur léger que je termine avec vous ce roman. Le moment pour moi d'enfin tourner la page, que dis-je, de fermer à jamais le livre de cette sombre histoire. Ces douze chapitres ont longtemps remué dans mon esprit de nombreux et douloureux souvenirs que je suis heureuse d'avoir su partager avec vous. Après des années passées à tenter de retranscrire ces évènements à l'écrit, c'est en une nuit, il y a quelques mois de ça, que j'ai finalement réussi à coucher mes ressentis sur le papier. Voilà ce que je cherchais à transmettre au travers de ces lignes : mes ressentis. Nul besoin pour moi de vous raconter les faits avec plus de détails, car d'une bouche à l'autre tout peut varier.

Mille mercis à vous qui par cette lecture avez fait preuve d'un soutien insoupçonné à mon égard. C'est avec plaisir et amour que je me tiens à disposition pour vous en apporter tout autant.

Pour cela, vous pouvez me suivre et me contacter ici :

Réseaux sociaux : @salwa.sensei
Mail : salwa.asad@icloud.com

Si le livre vous a plu, n'hésitez pas à laisser une note ou un commentaire sur le site où vous avez passé commande !
(Ou les deux s'il vous a VRAIMENT plu !)

À PROPOS DE L'AUTEUR

Salwa Asad est une femme passionnée d'écriture depuis son plus jeune âge.

Originaire du nord de la France, elle y a vécu jusqu'en 2020, avant de quitter la région pour la ville de ses rêves : Lyon.

Souvent isolée dans la cour de récréation de l'école élémentaire, Salwa passait de nombreuses heures à imaginer ses futurs romans et les a gardés bien au chaud dans sa tête jusqu'au jour J.

Amoureuse de fantasy, elle travaille avec sa sœur, une duologie du nom de « Prophéties ».

Au-delà de la passion, l'écriture est aussi pour Salwa le moyen de s'évader et de vous emporter avec elle par la même occasion.

DU MÊME AUTEUR

Découvrez les aventures de la Rose Noire
dans la saga « Prophéties »

1. L'Éveil de la Rose Noire
2. L'Ascension de Neirin

Disponible à la commande dans toute les librairies,
au format broché et numérique.

CHAPITRE 1 - EMERAD

Mythica Akarran marchait lentement au milieu de centaines de corps brûlés dont on entendait encore le crépitement de la chair. L'air lourd lui faisait suinter la peau. Un vent chaud obstruait sa course et diffusait l'odeur nauséabonde des cadavres éparpillés. Mêlée à celle de la fumée qui lui piquait les yeux et la gorge, Mythica se sentait au bord du malaise.

La demi-nymphe ne distinguait plus rien de la civilisation. Non car des cendres glissaient douloureusement sous ses paupières rougies, mais parce qu'à perte de vue, les châteaux se faisaient ruines et les champs cimetières. Des geysers de vapeur bouillante perçaient les sols de Soryos. L'île de Palestia, si frêle au milieu de l'océan déchaîné, se noyait sous l'eau ocre.

Sous un ciel aussi pourpre que le sang, Mythica aperçut une femme dont les cheveux aux reflets argentés s'en trouvaient noircis par les décombres. Visiblement, sa respiration saccadée et bruyante semblait l'étouffer. Ses yeux gris et terrorisés souffraient du spectacle auquel ils assistaient impuissants.

Dès l'instant où Mythica tenta de s'en approcher, une vive douleur au creux de ses paumes la retint en arrière. D'abord gagnée par la panique à la vue du liquide écarlate sur ses mains, la rose particulièrement sombre qu'elle serrait avec force accapara toute son attention.

Une Rose Noire.

Une somptueuse Rose Noire qui lui entailla davantage la chair lorsqu'elle s'envola, attirée par une énergie surnaturelle.

Des pleurs s'élevèrent dans les airs. Puis, Mythica se tordit sous ses draps, hurla à pleins poumons.

Octavia et Lorenn — qui arrivaient avec le petit déjeuner — se hâtèrent aussitôt dans ses appartements. La lumière matinale qui éclairait faiblement la chambre réchauffa agréablement leur peau lorsqu'elles passèrent dans son sillon. Dans un mouvement devenu banal, les deux nymphes relevèrent la jeune princesse.

— Mademoiselle, revenez à vous, murmura Octavia d'une douce voix. Vous rêvez !

— Encore… remarqua Lorenn, inquiète ou exaspérée.

Mythica reprit lentement ses esprits et retrouva peu à peu un souffle normal. Pour elle, rien de singulier. Pour ses servantes non plus. Ce cauchemar se trouvait le suivant d'une liste qui s'allongeait sans cesse au cours des années. Seuls ses réveils évoluaient. Ils se montraient chaque fois plus rudes que le précédent. Et si certaines potions avaient prouvé leur efficacité jadis, leur effet finissait toujours par s'estomper et la demi-nymphe souffrait de nouveau.

Des gouttes perlaient le long de son front ridé par ses visions nocturnes, des frissons parcouraient son corps de temps à autre. Tandis qu'elle observait les alentours, agitée, Mythica ferma finalement les yeux avant de prendre une profonde inspiration.

Le vert de ses murs parfaitement accordé avec ses meubles de bois noble lui offrait ce don particulier de l'apaiser. Tout comme l'effluve enivrant des innombrables fleurs suspendues au plafond, ou encore la douceur de ses draps, qui l'éloignaient lentement de son effroyable rêve.

Après un court instant de silence, la princesse se dégagea de ses soieries humides d'une sueur à l'odeur de la peur afin de se diriger vers une coiffeuse tout à fait charmante. Les petits lierres qui ornaient son miroir se voyaient visités par de mignonnes et minuscules lucioles colorées.

— C'est la troisième fois cette semaine, vous devriez consulter un médecin Altesse, s'inquiéta Octavia tandis qu'elle brûlait de l'encens un peu partout dans la chambre. Peut-être pourrait-on vous prescrire une autre décoction qui vous aiderait à mieux dormir et éviter les cauchemars.

Mythica observa longuement le visage vert pâle de sa domestique dans le reflet de sa glace et y discerna deux cernes forts marqués. *Rien d'étonnant*, pensa la princesse. Si elle connaissait des nuits agitées, de toute évidence, les deux nymphes à son service permanent en subissaient également les conséquences.

— Ton inquiétude m'honore Octavia, mais aucune plante ne saurait me soigner. (Elle murmura ensuite.) Ce ne sont pas de simples cauchemars.

À suivre…